Diffusion :

PUBLICATIONS CHARLESROI

DLM *DIFFUSION DU LIVRE MIRABEL*

Ce livre appartient à

_____
nom

_____
adresse

_____
âge

Geneviève essaie de trouver une bonne idée pour illustrer les lettres de l'alphabet d'une façon nouvelle et intéressante pour les enfants. Elle n'a que peu de temps. Son patron, M. Villeneuve, veut la rencontrer pour en discuter aujourd'hui même.

Pour ne pas la déranger B!Bi décide de faire le ménage de l'atelier, tout doucement. Ce travail le met de très bonne humeur. Geneviève l'entend chantonner et se dit que c'est bien agréable de travailler près de B!Bi.

Après avoir ramassé tout ce qui traînait, B!Bi entreprend l'époussetage en commençant par l'intérieur de son vaisseau qu'il a négligé depuis quelque temps. Le plumeau est très pratique pour «transformer en invisible» toute la poussière terrienne.

Tout à coup, Geneviève entend B!Bi pousser un grand cri et le voit sortir de son vaisseau à toute vitesse.

— Aaaaaaahhhhh.... Genevièèèèèèève...

2

— Il y a un monstre dans mon vaisseau... Un horrible monstre, énorme et tout noir!

— Voyons, B!Bi! Tu as vu quelque chose qui t'a fait peur, mais ce n'est sûrement pas un monstre! Je vais aller voir...

— Non, Geneviève, n'y va pas... Il va t'attraper... Il a des pattes immenses qui bougent tout le temps... Je t'en supplie! Reste avec moi!!!

— Pauvre B!Bi! Tu es tout frissonnant! Calme-toi et décris-moi ce que tu as vu.

4

— Le monstre a un tout petit corps et huit longues pattes noires. On dirait qu'il flotte dans l'espace de mon vaisseau... ooohhhh!

Geneviève commence à comprendre. Elle va chercher un livre, l'ouvre et montre un dessin à B!Bi.

— Est-ce qu'il ressemble à ça, ton monstre?

— Exactement... Yaaaark!

— C'est une araignée. La première fois qu'on en voit une, c'est un peu surprenant... Mais je t'assure que ce n'est pas dangereux... C'est un insecte.

Geneviève prend le temps de *présenter* les araignées à B!Bi.

— Tu vois, l'araignée se nourrit de mouches. Elle n'est pas intéressée par les personnes.

— Ni par un Millezédien?

— Non, B!Bi, je t'assure...

— Mais pourquoi est-elle venue dans mon vaisseau?

— Probablement parce qu'elle le trouvait accueillant... Mais, tu sais, on peut très bien la transporter ailleurs!

B!Bi commence à se sentir mieux. Il prend même du plaisir à *apprendre* à connaître les araignées du livre de Geneviève.

— C'est beau, une toile d'araignée... Je trouve que ça ressemble au petit morceau de tissu qu'il y a dans la cuisine.

— Tu veux dire à de la dentelle? C'est vrai, B!Bi!

— Je te remercie, Geneviève. J'ai moins peur maintenant.

— Alors, tu devrais retourner dans ton vaisseau. Je suis certaine que tu vas trouver l'araignée beaucoup plus intéressante... Et puis, le meilleur remède contre la peur, c'est d'y faire face!

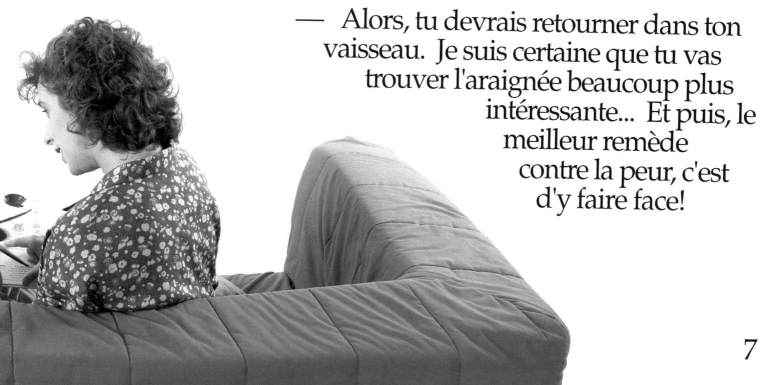

— Avant, je veux savoir si les enfants terriens ont peur aussi de ce qu'ils ne connaissent pas. Et toi, Geneviève, est-ce que ça t'arrive?

Geneviève explique que les enfants et même les adultes ont peur parfois. Quand elle était toute petite, elle a eu une peur tellement vive qu'elle s'en souvient encore!

— J'étais prise entre deux gros chiens qui aboyaient très fort. Je ne connaissais pas les chiens et je pensais qu'ils allaient bondir sur moi, alors qu'ils voulaient simplement jouer l'un avec l'autre!

— Pauvre Geneviève! Tu as dû avoir une peur énorme!

— Citron, oui, B!Bi... J'ai eu une peur bleue!

Une peur bleue!? B!Bi s'imagine
Geneviève, toute bleue, et redevient
très inquiet. Sur sa planète, les
vieux Millezédiens qui sont
presque à la fin de leur vie
deviennent tout bleus parce qu'ils
n'ont plus assez d'énergie pour
assimiler la lumière des 13 soleils.
Devenir bleu, c'est très mauvais signe!

— Geneviève, est-ce que la peur de l'araignée
m'a rendu bleu, moi aussi?

— Ne t'inquiète pas, B!Bi... La peur ne rend pas vraiment
bleu. C'est seulement une expression. Tu as toujours ta
belle couleur verte!

— Je n'aime pas ça avoir peur, Geneviève... Je ne trouve pas ça utile!

— C'est vrai que ce n'est pas agréable, mais certaines peurs sont très utiles, tu sais... Je dirais même qu'il y a des *bonnes* peurs.

— C'est quoi, une *bonne* peur?

— Un jour, mon frère Jean a subi un choc électrique en mettant son doigt dans une prise de courant. Il a eu très peur! Il a tremblé et pleuré longtemps... Depuis, il se méfie de tous les appareils électriques...

— Et c'est bon de se méfier des appareils électriques?

— C'est bon d'être prudent parce que ces appareils comportent des dangers, comme celui de subir des chocs justement!

— Je comprends, Geneviève! La peur aide les Terriens qui n'ont pas de mémoire TNAHPÉLÉ à se souvenir des règles de prudence!

Tout à coup, le visage de Geneviève s'éclaire.

— B!Bi! J'ai trouvé une idée pour illustrer les lettres de l'alphabet! Merci, tu es génial!

— Je suis génial, moi?

10

— Je vais faire l'ABC des peurs les plus fréquentes chez les enfants, en commençant par A, la première lettre du mot **a**raignée!

Emballée, Geneviève part rencontrer M.Villeneuve. B!Bi, lui, fier de l'avoir inspirée, décide de remettre son époussetage à plus tard et de trouver tous les mots possibles pour l'abécédaire. Il prend le dictionnaire et cherche à la lettre B.

— B, comme dans **B**OUM! Un bruit très fort. Je me souviens d'avoir eu très peur la première fois que j'ai entendu le bruit d'une explosion dans une rue en construction!

Puis, à la lettre C, B!Bi retrouve la bonne peur des **c**hocs électriques. À la lettre D, celle des produits **d**angereux — il y en a beaucoup dans les maisons terriennes! B!Bi connaît bien les symboles qui en rappellent le danger.

Il y a aussi É comme dans **é**clair.
B!bi sait que certains enfants ont
peur des éclairs et du tonnerre
pendant les orages. C'est vrai que
c'est très impressionnant!

À la lettre F, B!Bi ne trouve que le
mot **f**antôme...
Un fantôme, c'est une personne ou
une chose qui n'existe que dans
l'imagination. Ce n'est pas réel.
Mais Geneviève lui a déjà dit que
beaucoup d'enfants terriens ont peur
des fantômes.

— Je me demande
comment on peut avoir
une peur *imaginaire*...?

13

B!Bi continue ses recherches. Mais... crac!

Il se retourne vivement, croyant entendre un craquement bizarre dans l'atelier...

— Non... ce n'est pas possible... il n'y a que moi, ici!

Il regarde à la ronde. L'atelier lui semble plus grand que d'habitude et il se rend compte qu'il s'y trouve... une tonne d'appareils électriques qui pourraient être dangereux!

B!Bi a maintenant hâte que Geneviève revienne...

— Drrriiiing!

La sonnerie stridente du citron de téléphone le fait sursauter plus que d'habitude.

Ébranlé, B!Bi fait le répondeur téléphonique de Geneviève en imitant parfaitement la voix, puis enregistre le message dans sa mémoire TNAHPÉLÉ, comme il le fait toujours quand elle n'est pas là.

— Villeneuve à l'appareil, Villeneuve. Avez-vous oublié notre rendez-vous, chère Geneviève? Ce n'est pas dans vos habitudes d'être en retard, hum? D'être en retard!

Geneviève est déjà partie depuis 2 345 secondes. Elle devrait être chez son patron depuis au moins 1 000 secondes!

— Serait-il arrivé quelque chose à Geneviève?

B!Bi réfléchit à toutes les explications possibles. Plus il y pense, plus il est certain que ce n'est pas une situation normale...

Pour la première fois, il imagine le pire : si Geneviève disparaissait? Geneviève, c'est sa sécurité sur la planète Terre. Il l'aime. Elle est tout pour lui...

Il se met à trembler de tout son corps. Il a peur.

— B.!.B.i.Z.9.9.9.4.4.X., il faut que tu te calmes! Si Geneviève était ici, elle te dirait de faire face à ta peur!

Prenant son courage à deux mains, B!Bi se dirige vers son vaisseau, bien décidé à voler à l'aide de Geneviève. Cette décision l'apaise.

Il s'arrête devant la porte de son vaisseau, pétrifié.
Il vient de se souvenir qu'il y a là une visiteuse : une grosse
araignée!   Peut-être même qu'une deuxième araignée s'y
trouve...! Ou 22... Ou 222...!

— Aaaaaaahhhh!!!!!!

B!Bi ne se sent pas capable d'entrer dans son
vaisseau. Si Geneviève ne revient pas, il ne
pourra peut-être plus y remettre les pieds...
Sans son vaisseau, il ne
reverra plus jamais sa
planète...

B!Bi se sent seul, abandonné, sans défense, le cœur glacé
par la peur.

Il n'ose plus bouger dans l'immense atelier et s'installe au
milieu du divan, bien enveloppé dans une couverture
protectrice. Il ne peut que trembler et pleurer sur son sort.

C'est là que Geneviève le trouve, à son retour.

— B!Bi...? Qu'est-ce qui se passe?

— Geneviève?! Tu es là...! Je
suis content de te voir!!! Tu n'as
pas eu d'accident de voiture?
TNETNOC SIUS!
TNETNOC B!Bi!

Geneviève met du
temps à comprendre
ce qui s'est passé
pendant son absence.
Les explications de
B!Bi ne sont pas
claires. Il est
encore tout ému.
Il pleure et rit
en même temps.

Elle le prend tendrement dans ses bras.

B!Bi se blottit contre Geneviève.   Sa présence fait fondre toutes ses peurs.

— Pauvre B!Bi! Si j'avais su que M. Villeneuve avait appelé ici, je t'aurais téléphoné moi aussi pour ne pas que tu t'inquiètes... J'étais en retard à mon rendez-vous à cause de la circulation...!

— Est-ce qu'il a aimé ton idée de l'ABC des peurs?

— Oui, énormément!

— Alors, il va falloir faire beaucoup de place à la lettre **i**, pour les peurs **i**maginaires... Je connais très bien ça, maintenant...! Je peux te donner une tonne de suggestions...

— Citron de B!Bi!

— Tu avais raison, Geneviève. J'aurais dû aller voir l'araignée dans mon vaisseau tout à l'heure, quand tu étais là.

Et il ajoute, avec une petite voix :

— Penses-tu qu'il n'y en a qu'une?

Encouragé par Geneviève, B!Bi s'approche de son vaisseau pour faire face à l'araignée... Il est un peu craintif.

— B.!.B.i.Z.9.9.9.4.4.X. est ici...

Il pénètre à l'intérieur. Au début, il ne distingue rien. Puis, il voit une toute petite araignée de rien du tout — beaucoup plus petite qu'il ne l'avait d'abord cru. Elle semble le regarder, figée... On dirait que c'est elle qui a peur, maintenant...

— N'aies pas peur, petite araignée. Je ne te ferai pas de mal. Tu l'aimes, toi aussi, mon vaisseau? Je te souhaite la bienvenue!

B!Bi s'approche doucement,
mais l'araignée disparaît...

— Je ne la vois plus,
Geneviève...

— Elle a peut-être compris que
c'était chez toi, B!Bi. C'est aussi
bien comme ça.

— Elle n'a même pas tissé de
toile! Mais je viens d'avoir une
idée...

B!Bi sort de son vaisseau et court
vers la cuisine.

Avec l'accord de Geneviève, B!Bi installe un beau petit napperon en dentelle à côté de la porte de son vaisseau.

— Comme ça, si la petite araignée veut revenir, elle va avoir une petite toile toute faite pour s'installer... à l'extérieur de mon vaisseau!

— Ah ben, citron!